RÉIMAGINER NOS INTERACTIONS AVEC LE MONDE NUMÉRIQUE

La chaire Informatique et sciences numériques du Collège de France a été créée en partenariat avec l'Institut national de recherche en informatique et en automatique (Inria).

Wendy E. Mackay
Chaire Informatique et sciences numériques
(2021-2022)

Réimaginer nos interactions avec le monde numérique

Collège de France / Fayard

ISBN : 978-2-213-72507-9.
Dépôt légal : novembre 2022.

Leçon inaugurale
prononcée au Collège de France
le jeudi 24 février 2022

Leçon inaugurale n° **310**

Monsieur l'Administrateur,
Mesdames et Messieurs les Professeurs,
Chère famille, chers amis,
Chers collègues,
Mesdames et Messieurs,

Je suis honorée de présenter la leçon inaugurale de la chaire annuelle Informatique et sciences numériques 2021-2022. Mes remerciements vont tout d'abord à Gérard Berry, qui a toujours reconnu l'importance de l'interaction dans la conception de nouvelles technologies et qui m'a apporté son soutien et ses encouragements au fil des ans. Je remercie également Xavier Leroy, Pierre-Louis Lions et Stéphane Mallat, qui m'ont encouragée à proposer un cours au Collège de France, ainsi que Serge Abiteboul pour ses précieux conseils. Ma discipline, l'interaction humain-machine, est relativement nouvelle au sein de l'informatique, et je suis consciente de la valeur que la reconnaissance de ce domaine par le Collège de France nous accorde. Je tiens également à remercier mes étudiants et mes collègues, qui ont grandement contribué à ce travail au cours des dernières années, avec un remerciement particulier à Nicolas Taffin, qui a conçu les images présentes dans cette leçon. Enfin, je n'aurais pas pu réaliser ce travail sans le soutien constant de mon mari et partenaire de recherche, Michel Beaudouin-Lafon.

Introduction

Comment réimaginer nos interactions avec le monde numérique? Tout d'abord, qu'est-ce qu'un ordinateur? Bill Buxton a observé que, si vous demandez à quelqu'un de dessiner un ordinateur, il ne dessine jamais l'ordinateur lui-même, mais les périphériques qui permettent d'interagir avec lui. Aussi aimerais-je proposer une vision de l'ordinateur, non pas comme une machine intelligente qui effectue comme par magie des tâches à notre place, mais plutôt comme un outil avancé qui améliore nos compétences humaines. Ma discipline, l'interaction humain-machine, consiste à augmenter les capacités humaines grâce à celles de la machine. Comment s'y prendre?

Nous avons besoin d'une science qui tienne compte des capacités des humains, des capacités des ordinateurs, et qui se concentre sur l'interaction entre les deux.

Qu'est-ce que l'informatique : du calcul à l'interaction

J'aimerais commencer par un bref historique de l'informatique en tant que discipline scientifique. S'il est tentant de penser que l'informatique s'intéresse principalement à la création de nouveaux appareils, tels que les montres intelligentes ou les casques de réalité virtuelle, ou à la conception d'algorithmes puissants qui résolvent des problèmes complexes, comme jouer aux échecs ou modéliser le virus Covid, l'informatique en tant que discipline de recherche est bien davantage que cela. Tout comme nous ne considérons pas l'astronomie comme la « science des télescopes », mais plutôt comme la « science de l'Univers », et que nous ne considérons pas la biologie comme la « science des microscopes », mais plutôt comme la « science de la vie », il est important de comprendre que l'informatique n'est pas la « science des ordinateurs », mais plutôt la « science de l'information ».

Cependant, au sein de l'informatique, ma discipline a un objectif plus ciblé. Nous nous intéressons à l'effet des ordinateurs sur les êtres humains : comment les gens interagissent avec l'information. Nous considérons l'interaction entre les personnes et les ordinateurs comme un phénomène à part entière, que nous pouvons étudier et influencer pour créer de nouveaux et de meilleurs systèmes interactifs. Nous cherchons à créer des ordinateurs qui aident les êtres humains, car il est clair que l'information sans l'être humain n'est qu'un ensemble de données.

En tant que discipline de recherche, l'informatique tire ses racines de trois champs de recherche : l'ingénierie, les mathématiques et les sciences appliquées. Historiquement, l'informatique a commencé par l'ingénierie, l'invention de nouvelles technologies qui nous permettent d'automatiser des tâches, c'est-à-dire la création de l'ordinateur. Viennent ensuite les mathématiques et la création d'algorithmes, capturés sous forme de logiciels, pour contrôler la technologie de manière flexible. Enfin, l'informatique s'est étendue à la création de nouvelles approches pour résoudre les problèmes du monde réel, les sciences appliquées. Ces trois éléments restent les motivations de l'informatique et ces racines disciplinaires continuent d'influencer la recherche en informatique aujourd'hui. Les informaticiens issus de départements d'ingénierie, comme Stanford et le MIT, ont tendance à identifier les défis de la recherche en termes de création non seulement de nouveaux ordinateurs – plus rapides, plus petits, plus puissants –, mais aussi de nouvelles formes d'interaction avec de nouveaux périphériques, par exemple les lunettes de réalité augmentée, les interfaces haptiques et les systèmes de production et de contrôle de la musique. Les informaticiens issus de départements nés des mathématiques, les plus courants en France, se concentrent sur la création et l'amélioration d'algorithmes, ou «recettes» pour contrôler l'ordinateur, et de modèles qui simulent les mondes physique, numérique et humain. Enfin, les informaticiens issus de départements nés des sciences naturelles cherchent à résoudre des problèmes sociétaux, comme le suivi des ouragans en temps réel. Cependant, même si chacun de ces éléments est essentiel, il nous manque un élément clé, à savoir le rôle des humains dans l'informatique.

Une brève histoire de l'informatique

La racine la plus ancienne de l'informatique, l'ingénierie, implique l'invention du matériel informatique et des programmes pour le faire fonctionner. Les historiens considèrent Joseph Marie Jacquard comme l'inventeur du premier véritable ordinateur en 1803. Jacquard a créé un métier à tisser automatisé pour la confection de tapisseries qui était contrôlé par un programme codé sous la forme d'un jeu de cartes perforées. Bien qu'il ne fût pas le premier à automatiser un métier à tisser ni à créer des cartes perforées, il fut le premier à les associer. Il pouvait tisser l'image de son choix en créant un ensemble d'instructions – un algorithme – qui indiquait quel type de fil, et de quelle couleur, devait être tissé avec quel point, dans quel ordre. Le résultat fut le premier système contrôlé par un programme indépendant. En 1834, Charles Babbage, un inventeur qui a emprunté à Jacquard l'idée d'utiliser des instructions écrites sur des cartes perforées, a mis au point la première machine à calculer programmable générale.

La deuxième racine de l'informatique est constituée par les mathématiques – qui restent le principal axe de recherche en France. Lady Ada Lovelace, une mathématicienne qui a travaillé avec Charles Babbage, est considérée comme la première programmeuse informatique, car elle a créé l'abstraction mathématique qui définit la stratégie de saisie des algorithmes sous une forme interprétable par un ordinateur. Elle a créé un langage mathématique pour communiquer avec la machine de Babbage et a publié le premier algorithme pour la contrôler en 1842. Elle a également été la première personne à reconnaître que les ordinateurs avaient des applications autres que le calcul pur, notamment la manipulation de symboles et la création de musique.

Le mathématicien Alan Turing est devenu célèbre pour avoir déchiffré le code de la machine Enigma des nazis pendant la Seconde Guerre mondiale. Il a également été le premier à proposer le concept d'« intelligence artificielle ». Cependant, du point de vue de l'histoire de l'informatique, sa contribution la plus importante a été de créer un modèle de calcul universel, appelé la « machine de Turing ». Le concept est très simple : le système se compose d'un ruban sur lequel est inscrite une série de 1 et de 0, avec un dispositif mobile qui peut soit lire soit écrire les 1 et les 0, sous le contrôle d'un programme. Turing a prouvé mathématiquement que ce système très simple était suffisant pour créer une machine à calculer universelle.

La troisième racine de la recherche en informatique s'intéresse à la résolution de problèmes scientifiques, non seulement pour comprendre les forces de la nature, mais aussi pour les prédire. Par exemple, en 1922, le physicien Louis Fry Richardson a été le premier à appliquer des techniques mathématiques pour prédire avec précision la météo. Il a développé une méthode itérative pour résoudre un système d'équations linéaires qui offrait une approximation proche du comportement de l'atmosphère réelle. Ce qui est intéressant, c'est qu'il a estimé qu'il faudrait 64 000 personnes pour effectuer ces calculs avant un événement météorologique.

Il a fallu encore trente ans pour que le premier ordinateur universel, appelé « ENIAC » (pour Electronic Numerical Integrator And Computer ou « intégrateur et calculateur numérique électronique »), fasse la première prévision météorologique numérique, en 1950. Même cet ordinateur n'était pas très pratique : il fallait 24 heures pour faire une prévision. Je dois également noter que les premiers programmeurs de l'ENIAC étaient toutes des femmes : Kathleen « Kay » McNulty, Betty Jennings, Betty Snyder, Marlyn Wescoff, Frances Bilas et Ruth Lichterman. Elles avaient toutes une formation de mathématicienne, et ce sont elles qui ont conçu et mis en œuvre ce programme.

Si chacun de ces éléments est essentiel, il nous manque un élément clé, à savoir le rôle des utilisateurs humains des ordinateurs. C'est Grace Murray Hopper, première femme amirale de la marine américaine, qui a réalisé qu'il était plus rapide et plus facile pour un programmeur d'exprimer les programmes informatiques en mots plutôt qu'en chiffres. Après trois ans d'efforts, elle a convaincu l'armée d'adopter son nouveau langage de programmation, appelé «COBOL» (pour COmmon Business Oriented Language), qui utilise des mots comme instructions pour l'ordinateur. Aujourd'hui, presque tous les langages de programmation suivent cette approche.

Cet exemple montre l'importance de réfléchir à l'interaction entre l'humain (dans ce cas, un programmeur) et la machine (le logiciel). Grace Murray Hopper a également popularisé le terme *bug* pour désigner une erreur informatique. Le *bug* original était un papillon de nuit qui s'était retrouvé piégé dans l'ordinateur. C'est également elle qui a inventé le terme *debugging* pour désigner le processus consistant à trouver et à corriger les erreurs dans les programmes.

Jusqu'à cette époque, la discipline informatique se concentrait sur l'exécution des algorithmes : comment rendre le matériel plus rapide et plus efficace, et comment exprimer les problèmes mathématiquement. L'ordinateur est alors ce que nous appelons un «système algorithmique» : il lit les données, effectue un calcul et affiche les résultats. Cela reste le fondement d'une grande partie de la recherche en informatique.

Néanmoins, c'est aussi à cette époque qu'est apparue l'interaction humain-machine en tant que domaine de recherche. À la place d'un système algorithmique, nous avons maintenant affaire à un « système interactif » avec une boucle d'interaction continue : l'ordinateur réagit aux actions de l'utilisateur, l'utilisateur réagit aux résultats de l'ordinateur puis agit à nouveau. Les systèmes interactifs sont d'une certaine façon beaucoup plus complexes que les systèmes algorithmiques : l'objectif n'est pas simplement d'effectuer un calcul, mais plutôt de créer une expérience interactive pour l'utilisateur humain.

Les premiers ordinateurs interactifs

La véritable révolution de l'interaction a commencé avec Ivan Sutherland. Pour sa thèse au MIT en 1963, il a introduit le concept de « manipulation directe » : au lieu d'écrire des formules ou des commandes dans un programme informatique, il a montré comment agir directement sur des objets graphiques sur un écran. Il a créé Sketchpad, le premier programme à offrir une interface graphique utilisant un moniteur et un stylo optique permettant la manipulation directe de dessins d'ingénierie. L'ingénieur peut utiliser sa main gauche pour manipuler une série de boutons afin d'émettre des commandes et de définir des paramètres, et utiliser l'autre main pour dessiner. Il peut, par exemple, tracer des segments de droite et demander à la machine de les ajuster pour qu'ils soient à angle droit.

À la même époque, en 1968, Douglas Engelbart, du Stanford Research Institute, a conçu sa vision de l'« augmentation de l'intellect humain » et présenté une démonstration de son système NLS Augment. Son objectif était d'accroître la capacité des utilisateurs à aborder des problèmes complexes et à acquérir une compréhension adaptée à leurs besoins particuliers. Il a également été un inventeur productif : il a créé la souris d'ordinateur et introduit le concept d'« hypertexte », que nous utilisons tous aujourd'hui sur Internet. Il a également créé le premier système de vidéoconférence, avec une forme sophistiquée d'édition collaborative de documents partagés.

Engelbart s'est intéressé à la création de systèmes interactifs conçus pour des utilisateurs experts. Il a expliqué son raisonnement en comparant les tricycles et les bicyclettes. Nous donnons des tricycles aux enfants parce qu'ils sont stables et qu'il est facile d'apprendre à les conduire. Cependant, à l'âge adulte, nous passons aux bicyclettes. Pourquoi? Parce que les tricycles sont trop lents. Même s'il faut du temps pour apprendre à faire du vélo, on peut rouler beaucoup plus vite car on apprend à garder l'équilibre dans les virages.

Si Engelbart s'est concentré sur les outils destinés aux experts, dans les années 1970, un groupe de chercheurs de Xerox PARC dans la Silicon Valley, en Californie, a porté son attention sur un autre public : les secrétaires de direction. Ils ont réalisé que ces utilisatrices n'étaient pas des ingénieurs intéressés par la technologie, mais qu'elles étaient intéressées par l'exécution de leurs tâches – l'ordinateur n'étant qu'un moyen d'arriver à leurs fins.

Les chercheurs de Xerox PARC formaient une équipe multidisciplinaire, comprenant non seulement des informaticiens, mais aussi des psychologues, des anthropologues, des typographes et des designers. Ils ont analysé le travail effectué par les secrétaires de direction et ont créé des objets graphiques correspondant à leurs objets de travail quotidiens – fichiers, dossiers, corbeilles – ainsi qu'à leurs activités, telles que la saisie de texte, la correction et l'assemblage de nouveaux documents par copier-coller. En 1981, ils ont présenté le Xerox Star, le premier ordinateur conçu explicitement pour les utilisateurs non experts. Ils ont inventé l'« interface utilisateur graphique » (Graphical User Interface ou GUI en anglais), que nous continuons tous à utiliser aujourd'hui, avec peu de changements : nous utilisons toujours les fichiers, les dossiers, la corbeille à papier et le copier-coller.

La grande révolution suivante, trois ans plus tard seulement, a été le Macintosh d'Apple, le premier ordinateur personnel doté d'une interface utilisateur graphique. Steve Jobs a été inspiré par sa visite au Xerox PARC, où il a vu le Xerox Star. Beaucoup de gens pensent que Apple a inventé tout ce qui fait l'originalité du Macintosh. Mais presque tout ce que l'on trouve dans les produits commerciaux a été créé à l'origine dans un laboratoire de recherche. Le génie de Steve Jobs a été de faire d'excellents choix quant à ce qu'il fallait garder du Xerox Star, par exemple l'interface utilisateur graphique et la souris, et ce qu'il préférait jeter, par exemple la connexion au réseau et la possibilité d'exécuter plusieurs programmes en même temps. Il a également conçu le Macintosh pour une production de masse et a maintenu son prix bas, soit un dixième de celui du Xerox Star. Son succès est dû à sa capacité à comprendre son public cible. Jobs et Apple sont également à l'origine d'une autre grande révolution dans l'interaction : le smartphone, introduit en 2007. Une fois encore, le génie ne réside pas dans les innovations individuelles, mais plutôt dans la refonte de l'interaction avec un écran tactile. Alors que d'autres avaient créé des téléphones portables et des lecteurs de musique, Apple a créé une interface à la fois simple et puissante, facile à utiliser par tous.

Les problèmes des systèmes interactifs

Aujourd'hui, les systèmes interactifs sont partout. Par exemple, de nombreux systèmes administratifs, de la déclaration d'impôts à la prise de rendez-vous chez le médecin, ont été informatisés. Malheureusement, la plupart sont mal conçus. Pendant la crise du Covid, beaucoup d'entre nous ont utilisé un service de prise de rendez-vous médical pour planifier l'injection du vaccin. Le système est efficace pour prendre un rendez-vous avec un médecin particulier, mais il ne permet pas d'explorer l'espace des possibilités, de telle sorte qu'il faut effectuer la même recherche encore et encore pour trouver la meilleure option. Lorsque les concepteurs d'un système interactif se concentrent principalement sur les fonctions du système, dans ce cas, faire correspondre un patient à un lieu pour une injection de vaccin, et ignorent le processus d'interaction de l'utilisateur avec ce système, le résultat est un système inefficace qui fait perdre du temps à tout le monde. Si l'on considère les centaines de millions d'utilisateurs de systèmes interactifs, on comprend le sentiment de frustration du public vis-à-vis de l'informatique.

Les interfaces qui modifient le rôle de l'utilisateur sont une autre source de problèmes. Par exemple, la plupart des systèmes de messagerie instantanée sont maintenant « intelligents » – ils essaient d'interpréter ce que l'on tape et suggèrent des mots ou des phrases. Avec les anciens systèmes de messagerie, j'étais l'auteur. Je me concentrais sur ce que je tapais, et si je faisais une erreur, c'était mon erreur, que je pouvais corriger, ou non, immédiatement ou plus tard. Or un système de messagerie « intelligent » change mon rôle et ma relation avec le système. Il suggère continuellement des mots qui me distraient pendant que je tape. Je dois décider en permanence de la manière dont je dois réagir. Dois-je me concentrer sur mon propre texte ou sur les suggestions du système ? Dois-je changer d'avis et utiliser ses suggestions ou conserver mon propre texte ? Si je veux garder mon propre texte, dois-je faire quelque chose rapidement pour le modifier ? Que se passe-t-il si le système fait une erreur et que je ne m'en aperçois pas, comme dans cet échange où l'auteur voulait écrire « Disneyland » et où le système a « corrigé » en « divorce » ?

> Ton père et moi on va divorcer pendant les vacances. Ça te dit ?
> DIVORCER?????
> Non!!!! On va à Disneyland ! C'est le correcteur orthographique qui a écrit n'importe quoi !
> Ouf!!! J'ai eu peur!!!!

Voulons-nous que les systèmes intelligents changent notre rôle d'auteur de nos propres mots en celui de vérificateur des erreurs de l'ordinateur? Comment créer des systèmes intelligents qui nous permettent de conserver notre rôle principal de producteur d'information plutôt que de voir notre comportement modifié pour simplifier la tâche d'interprétation de l'ordinateur?

Le troisième type de problème est lié aux systèmes critiques. Une petite erreur de conception peut avoir des conséquences catastrophiques, comme par exemple l'accident d'un Airbus A320 au mont Sainte-Odile en 1992. Comme c'est souvent le cas dans les accidents d'avion, c'est une combinaison de plusieurs problèmes qui a conduit à la catastrophe. Les pilotes ne connaissaient pas la route, il faisait nuit et il y avait beaucoup de brouillard. Normalement, les pilotes peuvent gérer la défaillance d'un dispositif particulier. Mais dans cette situation, ils ont été trompés par un cadran dont l'interface était mal conçue. Le pilote pouvait entrer le taux de descente de deux façons différentes : soit en degrés, soit en vitesse (pieds par minute). Le pilote a saisi 33 pour 3300 pieds par minute alors qu'il pensait saisir 3,3 degrés. La différence est énorme. L'avion s'est écrasé et a tué toutes les personnes à bord. Ce problème particulier a été corrigé sur les avions modernes, mais de tels problèmes d'interface peuvent encore se produire.

L'interaction humain-machine comme « science de l'artificiel »

Comment penser l'interaction humain-machine comme une discipline scientifique? Tout d'abord, il est utile de considérer la façon dont les sciences naturelles fonctionnent. De nombreuses sciences suivent le modèle déductif, qui commence par une théorie sur un phénomène naturel, génère une hypothèse vérifiable, la teste par une expérience, puis révise l'hypothèse. La figure 1 (Mackay et Fayard, 1997) illustre cette relation cyclique entre théorie et observation au fil du temps. La voie déductive, représentée par la ligne en gras, commence par une théorie ou un modèle, se poursuit par une vérification empirique, après quoi la théorie est révisée si nécessaire. Une autre approche scientifique, tout aussi valable, suit le modèle inductif, illustré par la ligne en pointillés. Elle commence par observer un phénomène physique ou social, élabore une théorie pour le décrire, puis fait de nouvelles observations pour la nuancer ou la vérifier. Les deux modèles postulent l'existence de deux mondes, le monde théorique et le monde empirique, et supposent que l'objet d'étude est un phénomène naturel observable de manière indépendante.

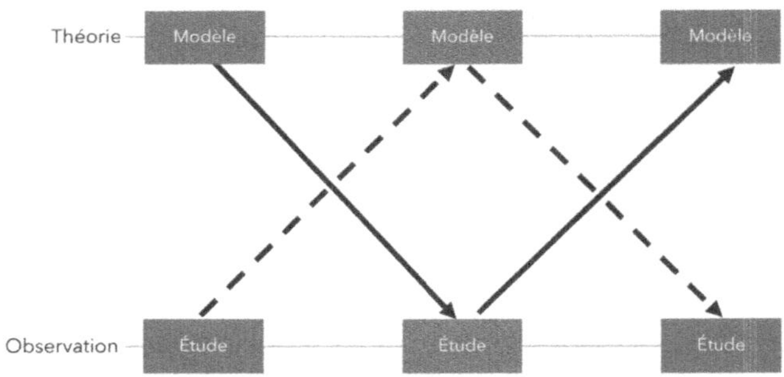

Figure 1. Les sciences naturelles impliquent un processus cyclique entre le développement de la théorie et l'observation empirique.

Prenons un exemple célèbre, la découverte en 1953 par le généticien James Watson et le physicien Francis Crick (Watson et Crick, 1953), lauréats du prix Nobel, de la structure en double hélice de la molécule d'ADN, présentée comme un modèle mathématique précis qui rend compte des mesures complexes des angles formés par les différentes liaisons chimiques. Un second article paru dans le même numéro de *Nature*, rédigé par Rosalind Franklin, experte en cristallographie aux rayons X, et son étudiant Ray Gosling (Franklin et Gosling, 1953), présente des images microscopiques détaillées qui confirment cette structure hélicoïdale. Bien que Crick soit célèbre pour avoir été inspiré par la présentation d'images aux rayons X de la molécule d'ADN par Franklin, son article coécrit avec Watson met l'accent sur la théorie, qui est vérifiée par les images, alors que celui de Franklin et Gosling met l'accent sur les observations empiriques, qui mènent ensuite à la théorie. Certaines disciplines scientifiques, comme la physique théorique ou la psychologie expérimentale, présentent couramment leurs travaux en utilisant le modèle déductif, tandis que d'autres, comme l'astronomie ou l'anthropologie, présentent couramment leurs travaux en utilisant le modèle inductif.

Sur la base de cette analyse, pouvons-nous considérer l'informatique en général et l'interaction humain-machine en particulier comme des sciences naturelles? Eh bien, non. Le problème est que l'informatique et l'interaction impliquent la création d'artefacts fabriqués par l'être humain qui ne peuvent être considérés comme des « phénomènes naturels observables de manière indépendante ». Au lieu de cela, nous créons les artefacts que nous étudions. Pire encore, les artefacts que nous étudions changent constamment et la relation entre eux est co-adaptative (Mackay, 1990; Mackay, 2000), c'est-à-dire que les utilisateurs humains ne se contentent pas de s'adapter à la technologie ou de l'apprendre, ils l'adaptent activement ou la personnalisent à leurs propres fins. L'objet d'étude n'est pas non plus statique, puisque la « même » technologie peut être utilisée différemment dans différentes situations, et que les utilisateurs humains sont profondément influencés par la façon dont les personnes qui les entourent interagissent avec la technologie. L'informatique et l'interaction humain-machine sont donc ce que Herbert Simon appelle des « sciences de l'artificiel », où l'objet d'étude est un phénomène « artificiel » susceptible de changer parce qu'il dépend de son concepteur (Simon, 1969).

Il faut noter que l'interaction humain-machine n'implique pas simplement la création de nouveaux artefacts, elle étudie plus globalement l'interaction entre les personnes et les systèmes créés artificiellement. En tant que chercheurs, nous nous appuyons sur les sciences naturelles, les sciences sociales, l'ingénierie et le design pour développer différents types de théories, y compris des théories descriptives, prédictives, de contrôle et génératives (Beaudouin-Lafon *et al.*, 2021) ; et nous effectuons de nombreux types d'observations empiriques, y compris qualitatives et quantitatives, en laboratoire ou sur le terrain. Cependant, nous devons également intégrer le processus de conception d'artefacts interactifs dans notre méthodologie de recherche. La figure 2 (Mackay et Fayard, 1997) illustre cette troisième activité de recherche, à savoir la conception d'artefacts, qui doit être intégrée au processus de recherche. La recherche en interaction humain-machine peut commencer à partir de n'importe quel point (théorie, observation ou conception d'artefacts), mais elle doit suivre un cycle complet qui inclut chacune des autres activités de recherche.

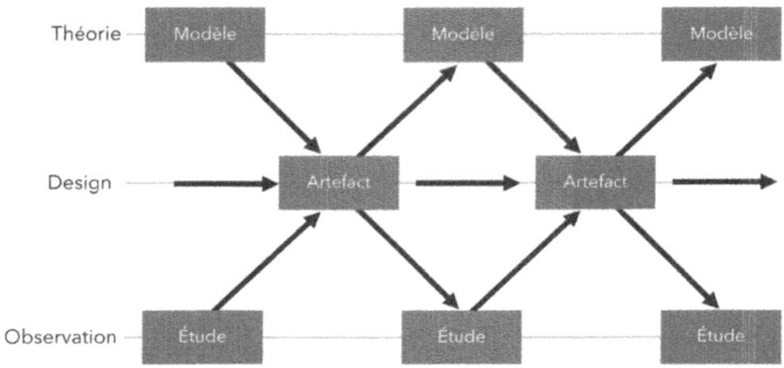

Figure 2. Une troisième ligne d'activité de recherche, la création d'artefacts interactifs, complique le processus de recherche.

L'interaction humain-machine exige donc non seulement l'élaboration d'une théorie et la production d'observations empiriques, mais aussi la conception de nouveaux artefacts, qui s'inspirent de la théorie et des observations ou les utilisent pour les évaluer. Au niveau théorique, nous pouvons créer et réviser des modèles d'interaction fondés sur des observations d'utilisateurs interagissant avec des artefacts. Au niveau des observations empiriques, nous pouvons observer comment les gens interagissent avec diverses technologies et développer des modèles d'utilisation. Dans les deux cas, nous pouvons nous appuyer sur la théorie et l'observation pour instancier de nouveaux artefacts, allant des premières simulations à des produits aboutis, en passant par des prototypes fonctionnels. Ces artefacts évoluent constamment et influencent ou modifient les modèles au niveau théorique et les observations au niveau empirique. On pourrait dire que les scientifiques s'efforcent de comprendre alors que les concepteurs s'efforcent de créer. L'interaction humain-machine est un domaine interdisciplinaire qui doit faire les deux.

Étudier l'interaction comme un phénomène

Dès lors, comment étudier l'interaction en tant que phénomène scientifique? Nous devons non seulement tenir compte des capacités humaines, notamment la perception, la cognition et l'action, mais aussi des capacités de l'ordinateur, notamment le stockage des données, le calcul et les moyens d'entrée et de sortie. Cependant, nous nous concentrons sur l'interaction entre les deux, que nous traitons comme un phénomène à part entière, que nous pouvons étudier, et éventuellement contrôler. Ce phénomène s'appelle le « cycle d'interaction », un cycle continu qui implique la façon dont l'utilisateur agit et répond au système, ainsi que la façon dont le système agit et répond à l'utilisateur.

Bien entendu, le problème de la recherche en interaction devient beaucoup plus complexe étant donné l'évolution des systèmes informatiques, qui sont passés d'un seul utilisateur et d'un seul ordinateur à un réseau de multiples utilisateurs situés au même endroit ou à distance, dans des environnements physiques, sociaux et culturels divers, et qui collaborent en utilisant de multiples ordinateurs, avec de multiples moyens d'entrée et de sortie.

Historiquement, les chercheurs en informatique ont organisé leurs recherches autour de trois relations de base entre les utilisateurs humains et l'ordinateur. La première relation repose sur une approche «à la première personne», dans laquelle l'utilisateur (moi) a le contrôle et traite l'ordinateur comme un outil qu'il apprend à utiliser et à contrôler. C'est le domaine de l'interaction humain-machine, dans lequel l'objectif est d'améliorer les outils existants ou d'en créer de nouveaux pour renforcer les compétences et les capacités des utilisateurs. Une autre relation utilise une approche «à la seconde personne», dans laquelle l'ordinateur est considéré comme un serviteur (toi), auquel l'utilisateur peut déléguer des tâches. C'est le domaine de l'intelligence artificielle, dans lequel l'objectif est d'exécuter des tâches pour l'utilisateur. La troisième relation est fondée sur une approche «à la troisième personne», dans laquelle l'ordinateur est considéré comme un médiateur (lui), un moyen de communication entre les personnes. C'est le domaine de l'informatique collaborative et des médias sociaux.

Un autre aspect important à prendre en considération est la largeur de la bande passante de l'interaction entre les utilisateurs et le système. Bien que les capacités humaines soient restées essentiellement constantes tout au long du développement de l'informatique, les capacités de l'ordinateur ont énormément progressé depuis les années 1850, des premières cartes perforées jusqu'aux ordinateurs dotés d'écrans, de claviers et de souris. Le large éventail actuel de dispositifs d'entrée et de sortie peut capturer les gestes humains, la voix, le toucher, même les signaux du cerveau, et afficher une grande variété de sorties visuelles, auditives et tactiles, y compris la parole générée par ordinateur, les casques de réalité augmentée et virtuelle, et l'« Internet des objets », qui intègre l'informatique dans le monde physique.

Cette extraordinaire augmentation des capacités de l'ordinateur a considérablement amélioré le potentiel de riches formes d'interaction, mais avec une augmentation correspondante de la complexité. Aussi poursuivons-nous toujours une cible mouvante, où l'interaction entre les humains et les ordinateurs est de plus en plus difficile à comprendre, à gérer et à contrôler.

Comment procède la recherche en interaction humain-machine ? Notre approche est pluridisciplinaire et fait appel non seulement à l'informatique, mais aussi à d'autres disciplines de l'ingénierie, notamment l'ingénierie mécanique et électronique, pour construire des matériels et des logiciels innovants. Nous faisons également appel aux sciences humaines et sociales, comme la psychologie, la sociologie, la physiologie et l'anthropologie, afin de comprendre les capacités et les limites de l'être humain. Enfin, nous incluons diverses disciplines du design, tels le design industriel et graphique, la typographie, l'animation et l'architecture, à la fois pour inspirer des idées de conception et pour remettre en question les approches de conception existantes.

Chaque discipline offre des valeurs, des hypothèses et des objectifs sous-jacents différents. La perspective scientifique se concentre sur la collecte de données concernant la façon dont les utilisateurs interagissent avec la technologie actuelle et future. L'objectif est d'analyser les données, qu'elles soient qualitatives ou quantitatives, ou de générer une théorie, qu'elle soit descriptive, prédictive ou générative (Beaudouin-Lafon *et al.*, 2021), afin d'identifier des besoins pour la conception. La perspective de l'ingénierie se concentre davantage sur la résolution des problèmes techniques impliquant le matériel et les logiciels, ce qui suppose de faire des compromis et de s'assurer que la technologie peut fonctionner dans des situations réelles. Enfin, la perspective de la conception implique à la fois l'inspiration et l'esthétique, la création de solutions innovantes du point de vue de l'utilisateur. Ce que j'apprécie particulièrement dans la perspective du concepteur, c'est sa capacité à redéfinir le problème de conception, ce qui conduit souvent, par des chemins parfois inattendus, à des solutions innovantes. En tant que chercheurs, notre objectif n'est pas de construire des produits finis, mais plutôt de créer des théories génératives qui nous permettent non seulement d'analyser et de critiquer systématiquement les systèmes interactifs, mais également d'inspirer de nouvelles idées pour créer de nouveaux systèmes interactifs.

La recherche en interaction humain-machine s'appuie sur ces trois approches disciplinaires, qui s'influencent mutuellement. Nous utilisons l'approche dite de « conception participative » (Greenbaum et Kyng, 1991), qui implique activement les utilisateurs tout au long du processus de conception : non seulement en les interrogeant et en les observant en situation d'usage, mais aussi en collaborant avec eux lors du processus de conception lui-même. Nous les rencontrons régulièrement pour comprendre leurs besoins, lancer des idées et tester de manière itérative les idées de conception. Nous nous concentrons sur les détails de la façon dont ils interagissent avec leurs outils actuels, et nous accordons une attention particulière aux pannes, aux solutions de contournement et aux activités surprenantes. Nous tirons parti d'une variété de méthodes de conception, que nous avons développées et qui permettent à tous, utilisateurs et chercheurs, de participer sur un pied d'égalité (Mackay, 2020).

Du point de vue de la conception, le défi de la recherche en interaction humain-machine est d'augmenter les capacités humaines en fournissant une plus grande puissance d'expression, tout en maintenant la simplicité d'expression. Mais faire simple, c'est compliqué ! Nous sommes confrontés à un compromis fondamental entre puissance et simplicité, illustré par la figure 3 : une technologie simple à utiliser n'est souvent pas très puissante, tandis qu'une technologie très puissante est souvent difficile à utiliser.

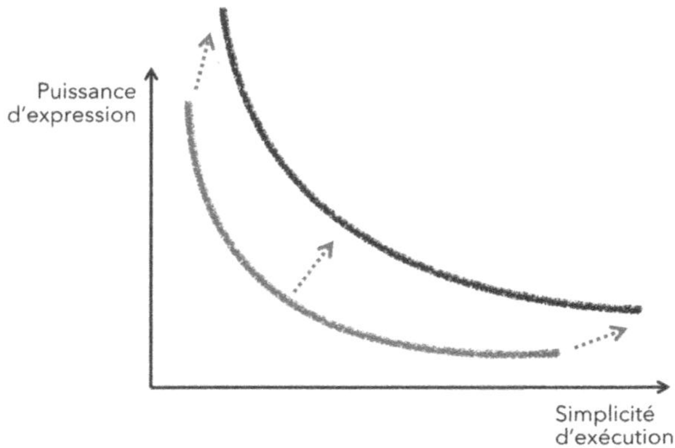

Figure 3. Le compromis entre puissance et simplicité.

Les systèmes conçus pour les experts, comme Adobe Premier pour le montage vidéo sophistiqué, sont très puissants, mais difficiles à apprendre. D'autres systèmes conçus pour les novices, comme iMovie d'Apple, sont faciles à apprendre mais ont des fonctionnalités très limitées. La plupart des systèmes ont tendance à privilégier l'une ou l'autre approche. La figure 3 montre également comment nous pouvons décaler la courbe, en rendant les systèmes puissants plus simples à utiliser et les systèmes simples plus puissants. Notre objectif est de faire en sorte que les tâches simples restent simples, tandis que les choses complexes deviennent possibles.

De la théorie aux applications

Le premier exemple qui illustre notre processus de recherche est la conception de CPN 2000 (Beaudouin-Lafon *et al.*, 2001). Nous voulions appliquer la théorie de l'interaction instrumentale de Michel Beaudouin-Lafon (2000) et ma propre théorie de la co-adaptation (Mackay, 1990 ; Mackay, 2000) pour créer un design d'interaction radicalement nouveau qui améliore de façon significative la façon dont les informaticiens créent les « réseaux de Petri colorés » (en anglais CPN pour Colored Petri Net). CPN est un langage de modélisation graphique destiné à la conception, la spécification, la simulation et la vérification de systèmes complexes, tels que les protocoles de communication et les systèmes de production automatisés. Les utilisateurs sont des informaticiens qui créent ces réseaux pour résoudre des problèmes complexes du monde réel.

Nous avons créé de nouvelles techniques d'interaction, inspirées par le travail théorique d'Yves Guiard sur la chaîne cinématique (Guiard, 1987) et le travail de William Buxton et Brad A. Myers (1986) sur l'interaction bimanuelle. Guiard a montré que la main non dominante fournit un cadre de référence à la main dominante. Par exemple, un droitier positionne la feuille de papier avec sa main gauche de façon à écrire plus confortablement avec sa main droite. Si nous appliquons cela à la conception d'outils logiciels, nous utilisons la main non dominante pour sélectionner un outil de dessin – comme un cercle, un rectangle ou une flèche à insérer dans le diagramme – et la main dominante pour le placer. Buxton et Myers ont démontré l'efficacité de l'application de l'interaction bimanuelle à la conception d'outils interactifs.

En tant que chercheurs, nous avons voulu déterminer quel était le « meilleur » outil : la palette d'outils flottante qui permet aux utilisateurs de sélectionner une commande et de l'appliquer à n'importe quel objet graphique ; le MarkingMenu (Kurtenbach et Buxton, 1993), un menu circulaire contextuel qui permet à l'utilisateur de faire apparaître l'ensemble des commandes pertinentes d'un objet et de choisir rapidement celle à appliquer ; ou le ToolGlass (Bier *et al.*, 1993), une petite palette de commandes semi-transparente que l'utilisateur peut déplacer avec sa main non dominante au-dessus des objets, puis sur laquelle il peut cliquer avec sa main dominante pour appliquer la commande pertinente à l'objet graphique situé en dessous de celle-ci.

Nous avons mené une expérimentation contrôlée (Mackay, 2002a) qui demandait aux participants d'effectuer un ensemble de tâches de deux types avec exactement le même nombre d'actions complexes. La première tâche consistait à composer un nouveau réseau, ce qui nécessite de progresser systématiquement à travers chaque objet graphique du cycle du réseau, et l'autre à copier un réseau existant. Nous avons utilisé un plan intra-participants, où chaque participant a utilisé les trois outils pour effectuer chaque type de tâche, pour un total de six conditions.

Nous avons été surpris de constater qu'aucun outil n'était «le meilleur». Au contraire, l'outil optimal dépendait largement de la tâche. Lorsque l'utilisateur se contente de copier une série d'objets graphiques, il est plus rapide d'utiliser une palette d'outils pour sélectionner une commande et l'appliquer à une série d'objets. En revanche, si l'utilisateur est engagé dans une tâche créative, dans laquelle il déplace constamment son attention entre les objets graphiques et les commandes, il est plus rapide d'utiliser le ToolGlass ou le menu circulaire, qui permettent à l'utilisateur de choisir l'action appropriée sur le moment.

La plupart des outils commerciaux sont similaires à la palette d'outils et sont influencés par les premiers outils créés par Xerox pour les secrétaires de direction, dont le travail était considéré comme mécanique et non créatif. Leur travail ne consistait pas à composer de nouveaux documents, mais à corriger efficacement le texte de quelqu'un d'autre. Notre expérimentation a non seulement montré qu'aucun outil n'est toujours le meilleur, mais aussi qu'au fur et à mesure que les utilisateurs effectuent des tâches de plus en plus créatives ils ont besoin de différents types d'outils qui facilitent la réflexion et la composition.

Du point de vue de la recherche en interaction humain-machine, le projet CPN 2000 était principalement axé sur la théorie, mais il nécessitait également une observation empirique détaillée des utilisateurs et le développement d'un prototype fonctionnel innovant pour tester les idées. Grâce à l'approche de conception participative (Mackay, 2002b), nous avons fait une découverte surprenante : lorsque nous avons demandé aux utilisateurs combien de temps ils passaient à aligner les objets graphiques sur l'écran, ils ont estimé que cela prenait environ 5 % de leur temps. Mais lorsque nous avons analysé les enregistrements vidéo, nous avons constaté qu'ils passaient 25 à 30 % de leur temps à aligner et à réaligner chaque objet, ce qui suggérait un objectif clair d'amélioration. Le principal problème des méthodes actuelles d'alignement d'objets graphiques est que les alignements ne sont pas persistants et que toute modification ultérieure oblige l'utilisateur à recommencer et à tout réaligner. En outre, ces méthodes utilisent en général un menu déroulant hiérarchique qui requiert toute l'attention de l'utilisateur, comme le prévoit la loi de Fitts (1954), étant donné la taille minuscule des différents choix.

Nous avons décidé de créer une nouvelle stratégie d'alignement plus efficace, qui consiste à appliquer le concept de « réification » (Beaudouin-Lafon et Mackay, 2000) à la commande d'alignement pour créer un nouvel outil interactif : un guide magnétique. Cela permet à la fois d'augmenter la simplicité de l'interaction – l'utilisateur n'a qu'à créer et à manipuler le guide magnétique – tout en augmentant de manière significative le pouvoir d'expression des utilisateurs : ils peuvent conserver l'alignement en déplacement le guide, auquel les objets alignés restent attachés.

Nous avons poursuivi cette idée lorsque nous avons travaillé avec des graphistes professionnels, qui étaient confrontés exactement au même problème d'alignement que les utilisateurs des réseaux de Petri colorés. Nous avons créé StickyLines (Ciolfi Felice *et al.*, 2016), un guide magnétique interactif qui aligne rapidement et facilement tout groupe d'objets sur le canevas. L'utilisateur « accroche » les objets à aligner à la StickyLine, et lorsqu'il déplace celle-ci, tous les objets attachés se déplacent avec elle et restent alignés.

Une StickyLine permet également de contrôler la répartition des objets sur la ligne, par exemple pour les rendre équidistants ou suivre une progression exponentielle. On peut changer son orientation, par exemple la faire passer de l'horizontale à la verticale, ou la transformer en une forme complètement différente, par exemple en alignant des objets sur un cercle (fig. 4). Si le centre visuel de l'objet n'est pas le même que le centre géométrique, comme dans un logo asymétrique, on peut ajuster le positionnement, ce qui crée un nouvel objet, appelé *tweak* (fig. 4), qui représente le décalage. Comme il s'agit également d'un objet réifié, on peut appliquer ce même *tweak* à d'autres objets. Cette idée très simple offre une grande puissance d'expression, sans perdre en simplicité d'interaction. Nos expériences avec des graphistes professionnels ont montré que StickyLines est à 40 % plus rapide que les méthodes d'alignement trouvées dans les logiciels commerciaux d'aujourd'hui, et l'idée peut être étendue pour incorporer une grande variété de problèmes de mise en page plus complexes.

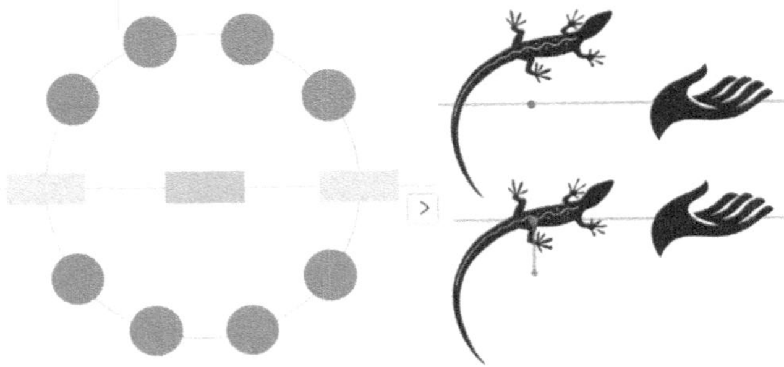

Figure 4. À gauche, deux StickyLines : l'une horizontale contient trois rectangles, l'autre circulaire contient des disques et deux rectangles. Le bouton « > » permet de modifier les caractéristiques des StickyLines. À droite, un *tweak* (trait gris en dessous du lézard) permet d'obtenir un alignement visuellement satisfaisant.

Concevoir son propre langage d'interaction

Travailler avec des professionnels de la création est particulièrement intéressant car ils repoussent les limites des technologies interactives. Nous avons mené une série de projets de conception participative en collaboration avec des compositeurs de musique contemporaine à l'Ircam à Paris. Nous avons découvert que chaque compositeur insistait pour créer son approche personnelle unique, et qu'il utilisait en conséquence ses propres outils. Par exemple, un compositeur dessine des lignes ondulées « organiques » sur le papier, puis trace des droites à travers elles pour créer des rythmes uniques. Un autre fonde ses structures musicales sur des carrés magiques, où chaque ligne et chaque colonne de chiffres ont le même total. Un autre encore fonde ses compositions sur un poème de Goethe. Si nous créons l'outil « parfait » destiné à un compositeur, les autres compositeurs ne l'utiliseront pas, car il appartient au premier compositeur. Nous avons donc dû prendre du recul et penser de manière plus large, afin de créer des outils qui leur permettent de créer à leur tour leurs propres outils.

Nous avons réalisé que tant les objets graphiques que les outils interactifs doivent exister au sein d'une structure capable de les interpréter dynamiquement, ce que nous appelons désormais un *substrat* (Klokmose *et al.*, 2015). Par exemple, si je vous montre un ensemble aléatoire de points et que je vous demande de les interpréter fondamentalement, vous ne le pouvez pas. Mais si j'ajoute une structure reconnaissable, comme une portée musicale, vous pouvez maintenant interpréter chaque point comme une note de musique. De même, si je transforme la structure en un graphique en ajoutant des axes ou en une carte en nommant les villes, les points peuvent alors être interprétés comme des coordonnées ou des lieux. Ce que les compositeurs voulaient, c'était la possibilité de créer leurs propres structures à partir desquelles ils pourraient créer leurs propres méthodes de composition.

Nous avons utilisé des stylos électroniques Anoto, qui non seulement laissent des traces d'encre sur le papier, mais produisent également un enregistrement numérique de chaque trait. (Le stylo comprend une caméra minuscule qui identifie la position de chaque trait par rapport à un motif de points imprimés.) Nous avons organisé plusieurs ateliers de conception participative avec des compositeurs de musique professionnels de l'Ircam à Paris. L'un des projets s'est inspiré de la méthode de Leonhard Euler pour analyser mathématiquement les structures musicales. En 1739, il a introduit le *tonnetz*, une représentation spatiale qui dispose les hauteurs dans une structure hexagonale en nid d'abeille. L'un des compositeurs a voulu utiliser cette structure comme outil de composition et d'interprétation musicale. Nous avons créé Paper Tonnetz (Bigo *et al.*, 2012 ; Garcia *et al.*, 2014b), qui transforme les gestes dessinés sur du papier interactif en motifs rejouables représentant des séquences de hauteurs et/ou des accords.

Figure 5. L'interface de pOM, pour *Quid Sit Musicus*, permet au compositeur de faire divers gestes sur la copie d'une partition du XIIIe siècle pour créer différents effets musicaux. Crédit photographique : Inria / H. Raguet.

Un autre compositeur, Philippe Leroux, s'est inspiré de manuscrits du XIIIe siècle qui utilisent une forme ancienne de partition musicale indiquant comment exprimer chaque note par un « drapeau » expressif plutôt que par des mots. Nous avons créé pOM (Garcia *et al.*, 2014a), un système qui lui permet d'interagir avec ces drapeaux, par exemple en traçant leur contour, et de transformer les caractéristiques de chaque geste, comme la forme, la vitesse ou la trajectoire, en un résultat musical (fig. 5). Ce système offrait une très grande puissance d'expression, tout en étant simple et naturel à utiliser. Il a servi à composer et à jouer une nouvelle œuvre majeure, *Quid Sit Musicus*, qui a été présentée en première mondiale en 2014.

Apprendre les commandes gestuelles sur un smartphone

La prochaine série de projets explore l'utilisation de l'interaction gestuelle avec un smartphone, afin de permettre aux utilisateurs d'exprimer un large vocabulaire de commandes dans un espace limité. Bien que les smartphones d'aujourd'hui soient extrêmement puissants, en fait plus puissants que les ordinateurs qui ont envoyé un homme sur la Lune, ils offrent une forme appauvrie d'interaction, limitée principalement à des gestes de tapotement, de balayage et de pincement. Les mains humaines ont une grande dextérité : pourquoi ne pas profiter de notre capacité à faire des gestes pour augmenter considérablement la puissance de l'interaction ?

Nous y sommes parvenus en appliquant la théorie mentionnée plus haut de la co-adaptation (Mackay, 2000), selon laquelle les utilisateurs s'adaptent au système, mais aussi l'adaptent à leurs besoins ou se l'approprient pour accomplir leurs tâches. Nous tirons également parti du corollaire de cette théorie, appelé « co-adaptation réciproque », pour créer ce que j'appelle des « partenariats humain-machine » (Beaudouin-Lafon *et al.*, 2021), dans lesquels un système intelligent s'adapte au comportement de l'utilisateur, mais le modifie également. Il en résulte trois principes de conception. La découvrabilité permet à l'utilisateur de comprendre comment le système a interprété le comportement récent de l'utilisateur (*feedback*) et quelles commandes sont maintenant possibles (*feedforward*). L'appropriation permet à l'utilisateur de modifier le comportement du système en adaptant ses caractéristiques à de nouveaux objectifs. L'expressivité, enfin, permet à l'utilisateur de créer des sorties riches et personnalisées à partir des variations dans les entrées contrôlées par l'utilisateur.

Le guide dynamique OctoPocus (Bau et Mackay, 2008) est conçu pour aider les utilisateurs novices à apprendre la correspondance entre leurs gestes et les différentes commandes. Les utilisateurs experts peuvent dessiner rapidement et efficacement les gestes qu'ils connaissent déjà. Cependant, si l'utilisateur a besoin d'aide, il lui suffit d'hésiter, un guide dynamique apparaît (fig. 6), avec un *feedback* progressif qui montre ce que le système a reconnu jusqu'à présent, et un *feedforward* progressif qui montre les commandes possibles restantes et comment les dessiner. La variation de la largeur du trait représentant chaque geste révèle la probabilité que le système réussisse à reconnaître le geste.

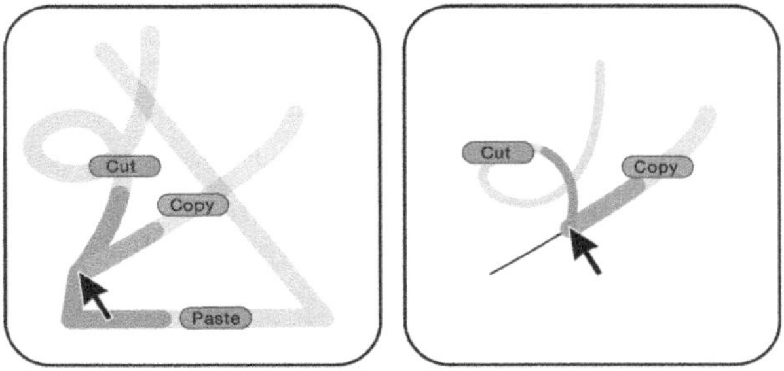

Figure 6. Guide dynamique d'OctoPocus qui apparaît si l'utilisateur hésite et montre quelles commandes gestuelles restent possibles et comment les dessiner.

Mais que faire si l'utilisateur veut adapter le système pour créer ses propres commandes gestuelles? Ici, les besoins de l'utilisateur et du système diffèrent: l'utilisateur veut créer des gestes faciles à mémoriser, tandis que le système doit être capable de distinguer les différents gestes. Nous avons créé Fieldward (Malloch *et al.*, 2017), une carte dynamique qui fournit à la fois un *feedback* et un *feedforward* lorsque l'utilisateur propose un nouveau geste, en changeant de couleur pour indiquer si un geste particulier est acceptable ou non. Dans la figure 7, l'utilisateur souhaite créer une commande «alarme». Le premier geste, un cercle, est ambigu pour le système car il se termine dans une zone rouge (gris clair dans la figure). Cependant, lorsque l'utilisateur continue à dessiner une horloge, le geste se termine dans une zone bleue (gris foncé dans la figure), ce qui indique qu'il est unique et peut être facilement distingué des autres commandes gestuelles. Les utilisateurs peuvent également découvrir des caractéristiques de l'algorithme de reconnaissance, comme le fait qu'un trait tracé vers le haut ou vers le bas est traité comme deux gestes distincts, bien qu'ils laissent la même trace.

Les systèmes intelligents qui reconnaissent le comportement des utilisateurs, comme le tracé des gestes ci-dessus, définissent le problème en termes de détermination de la probabilité qu'un geste particulier soit un exemple d'une catégorie spécifique. Par exemple, la saisie gestuelle sur un clavier tactile (Zhai et Kristensson, 2003) consiste à faire glisser le doigt d'une touche à l'autre pour entrer chaque mot. Des algorithmes sophistiqués d'apprentissage automatique capturent les détails de chaque geste, mais se concentrent uniquement sur l'identification du mot « correct » et rejettent les variations individuelles comme du bruit.

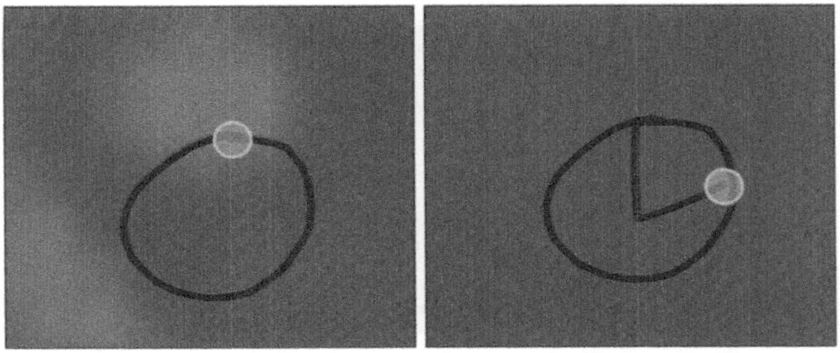

Figure 7. Fieldward affiche une carte thermique qui change de couleur à mesure que l'utilisateur dessine une commande gestuelle pour indiquer si le geste est acceptable.

Nous avons créé Expressive Keyboard (Alvina *et al.*, 2016), un clavier expressif qui transforme les variations du geste de l'utilisateur en une sortie personnalisée contrôlée par l'utilisateur, telle que la couleur, le style ou la police du texte. Au lieu de traiter les variations inhérentes au geste de l'utilisateur comme un bruit qui doit être écarté, nous les traitons comme une source d'informations sous le contrôle de l'utilisateur (fig. 8). Les utilisateurs peuvent, d'un simple geste, générer de manière fluide une grande variété d'effets différents. Cette approche est un autre exemple de décalage de la courbe du compromis puissance-simplicité.

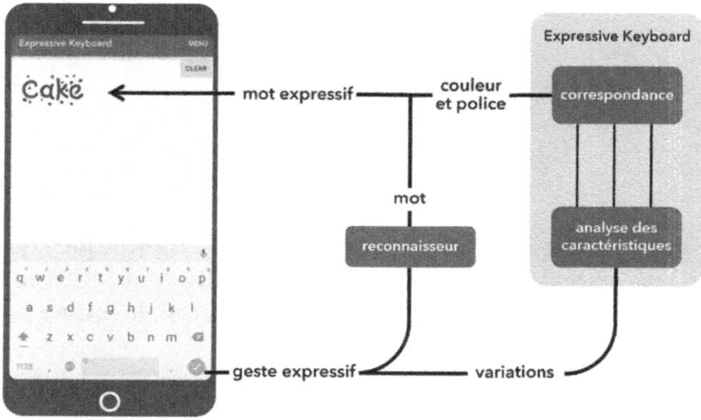

Figure 8. Expressive Keyboard traite les variations du geste de l'utilisateur comme une source d'expression créative.

Conclusion

Quand on me demande « quel est l'avenir du monde numérique? », j'entends une hypothèse cachée que je veux remettre en question. Ce n'est pas la technologie elle-même qui est intéressante, mais plutôt la façon dont nous interagissons avec elle. La plupart de ce que nous avons vu dans les films d'Hollywood, en termes de technologie, a déjà été inventé. Nous pouvons parler à Siri ou à Alexa, porter des vêtements intelligents, nous immerger dans des casques de réalité virtuelle. Cependant, bon nombre des technologies actuelles fonctionnent mal ou sont frustrantes à utiliser. Le défi pour nous, en tant que chercheurs en interaction humain-machine, est d'appliquer des méthodes scientifiques et de conception pour créer de nouvelles formes d'interaction qui permettent de tirer un avantage optimal de ces ordinateurs toujours plus puissants.

Les interfaces vraiment efficaces deviennent invisibles pour l'utilisateur, ce qui est parfois frustrant pour nous, chercheurs, car nos réussites passent souvent inaperçues, alors que nos échecs sont évidents. Nous recherchons une puissance d'expression toujours plus grande, mais nous devons maintenir la simplicité d'exécution, afin de décaler la courbe illustrée dans la figure 3. L'objectif est que les choses simples restent simples et que les choses complexes deviennent possibles. Nous voulons des systèmes qui nous permettent de commencer en tant que novices, tout en augmentant nos capacités humaines au fil du temps, pour nous aider à devenir des experts ou des virtuoses. Selon moi, l'avenir de l'informatique interactive ne réside donc pas seulement dans l'invention de nouvelles technologies, mais aussi dans la création de nouvelles formes d'interaction.

Bibliographie

Alvina J., Malloch J. et Mackay W.E. (2016), « Expressive keyboards: Enriching gesture-typing on mobile devices », *in* : *Proceedings of ACM Symposium on User Interface Software and Technology* (UIST'2016), New York, ACM, p. 583-593.

Bau O. et Mackay W.E. (2008), « OctoPocus: A dynamic guide for learning gesture-based command sets », *in* : *Proceedings of the 21st annual ACM Symposium on User Interface Software and Technology* (UIST'2008), New York, ACM, p. 37-46.

Beaudouin-Lafon M. (2000), « Instrumental interaction: An interaction model for designing post-WIMP user interfaces », *in* : *Proceedings of the SIGCHI Conference on Human Factors in Computing Systems* (CHI'00), New York, ACM, p. 446-453.

Beaudouin-Lafon M., Bødker S. et Mackay W.E. (2021), « Generative theories of interaction », *ACM Transactions on Computer-Human Interaction*, vol. 28, n° 6, article 45.

Beaudouin-Lafon M. et Mackay W.E. (2000), « Reification, polymorphism and reuse: Three principles for designing visual Interfaces», *in*: *Proceedings of the Working Conference on Advanced Visual Interfaces* (AVI'2000), Palerme, p. 102-109.

Beaudouin-Lafon M. et Mackay W.E. (2002), «Prototyping tools and techniques», *in* J. A. Jacko et A. Sears (dir.), *Handbook of Human-Computer Interaction*, New York, Lawrence Erlbaum Associates, p. 1006-1031 (édition révisée 2007).

Beaudouin-Lafon M., Mackay W.E., Andersen P., Janecek P., Lassen M., Lund K., Mortensen K., Munck S., Ratzer A., Ravn K., Christensen S. et Jensen K. (2001), «CPN/Tools: A post-WIMP interface for editing and simulating coloured Petri nets», *in* J.-M. Colom et M. Koutny (dir.), *Proceedings of the 22nd International Conference on Application and Theory of Petri Nets* (ICATPN'2001), Springer Verlag, Lecture Notes in Computer Science, p. 71-80.

Bier E.A., Stone M.C., Pier K., Buxton W. et DeRose T. (1993), «Toolglass and magic lenses: The see-through interface», *in*: *Proceedings of the 20th Annual Conference on Computer Graphics and Interactive Techniques* (SIGGRAPH'93), New York, ACM, p. 73-80.

Bigo L., Garcia J., Spicher A. et Mackay W.E. (2012), « Papertonnetz: Music composition with interactive paper », *in*: *Proceedings of the 9th Sound and Music Computing Conference* (SMC'12), p. 3051-3054.

Buxton W. et Myers B. (1986), « A study in two-handed input », *in*: *Proceedings of the SIGCHI Conference on Human Factors in Computing Systems* (CHI'86), New York, ACM, p. 321-326.

Ciolfi Felice M., Maudet N., Mackay W.E. et Beaudouin-Lafon M. (2016), « Beyond snapping: Persistent, tweakable alignment and distribution with StickyLines », *in*: *Proceedings of ACM UIST 2016 Symposium on User Interface Software and Technology*, New York, ACM, p. 133-144.

Fitts P. (1954), « The information capacity of the human motor system in controlling the amplitude of movement », *Journal of Experimental Psychology*, vol. 47, n° 6, p. 381-391.

Franklin R.E. et Gosling R.G. (1953), « Molecular configuration in sodium thymonucleate », *Nature*, vol. 171, n° 4356, p. 740-741.

Garcia J., Leroux P. et Bresson J. (2014a), « pOM: Linking pen gestures to computer-aided composition processes », *40th International Computer*

Music Conference (ICMC), co-organisée avec 11th Sound & Music Computing conference (SMC), Athènes, sept. 2014.

Garcia J., Tsandilas T., Agon C. et Mackay W.E. (2014b), « PaperComposer: Creating interactive paper interfaces for music composition », *in*: *Proceedings of the 26ᵉ Conférence francophone sur l'interaction homme-machine* (IHM'14), New York, ACM, p. 1-8.

Greenbaum J. et Kyng M. (dir.) (1991), *Design at Work: Cooperative Design of Computer Systems* (1ʳᵉ éd.), Boca Raton (Floride), CRC Press.

Guiard Y. (1987), « Asymmetric division of labor in human skilled bimanual action: The kinematic chain as a model », *Journal of Motor Behavior*, vol. 19, nº 4, p. 486-517.

Klokmose C., Eagen J., Baader S., Mackay W.E. et Beaudouin-Lafon M. (2015), « Webstrates: Shareable dynamic media », *in*: *Proceedings of ACM Symposium on User Interface Software and Technology* (UIST'2015), New York, ACM, p. 280-290.

Kurtenbach G. et Buxton W. (1993), « The limits of expert performance using hierarchic marking menus », *in*: *Proceedings of the INTERACT'93 and CHI'93 Conference on*

Human Factors in Computing Systems (CHI'93), New York, ACM, p. 482-487.

Mackay W.E. (1990), *Users and Customizable Software: A Co-Adaptive Phenomenon*, thèse (Ph.D), Cambridge (Mass.), Massachusetts Institute of Technology (MIT).

Mackay W.E. et Fayard A.-L. (1997), « HCI, natural science and design: A framework for triangulation across disciplines », *in* : *Proceedings of ACM DIS'97, Designing Interactive Systems*, New York, ACM, p. 223-234.

Mackay W.E. (2000), « Responding to cognitive overload: Co-adaptation between users and technology », *Intellectica*, vol. 30, n° 1, p. 177-193.

Mackay W.E. (2002a), « Which interaction techniques works when? Floating palettes, marking menus and toolglasses support different task strategies », *in* : *Proceedings of the Conference on Advanced Visual Interfaces* (AVI'2002), New York, ACM, p. 203-208.

Mackay W.E. (2002b), *Using Video to Support Interaction Design*, tutoriel Inria et ACM/SIGCHI, ISBN : 1-58113-516-5.

Mackay W.E. (2020), « Designing with Sticky Notes », *in* B.T. Christensen, K. Halskov et C.N. Klokmose (dir.), *Sticky Creativity: Post-It®*

Note Cognition, Interaction and Digitalization: A volume in Explorations in Creativity Research, Cambridge (Mass.), Academic Press, Explorations in Creativity Series.

Malloch J., Griggio C., McGrenere J. et Mackay W.E. (2017), « Fieldward and pathward: dynamic guides for defining your own gestures », *in*: *Proceedings of ACM Conference on Human Factors in Computing Systems* (CHI'2017), New York, ACM, p. 4266-4277.

Simon H.A. (1969), *The Sciences of the Artificial* (3e éd.), Cambridge (Mass.), MIT Press.

Watson J.D. et Crick F.H.C. (1953), « Molecular structure of nucleic acids: A structure for deoxyribose nucleic acid », *Nature*, vol. 171, n° 4356. p. 737-738.

Zhai S. et Kristensson P.-O. (2003), « Shorthand writing on stylus keyboard », *in*: *Proceedings of the SIGCHI Conference on Human Factors in Computing Systems* (CHI'03), New York, ACM, p. 97-104.

Les leçons inaugurales du Collège de France

Depuis sa fondation en 1530, le Collège de France a pour principale mission d'enseigner, non des savoirs constitués, mais «le savoir en train de se faire»: la recherche scientifique et intellectuelle elle-même. Les cours y sont ouverts à tous, gratuitement, sans inscription ni délivrance de diplôme.

Conformément à sa devise (*Docet omnia*, «Il enseigne toutes choses»), le Collège de France est organisé en cinquante-deux chaires couvrant un vaste ensemble de disciplines. Les professeurs sont choisis librement par leurs pairs, en fonction de l'évolution des sciences et des connaissances. À l'arrivée de chaque nouveau professeur, une chaire nouvelle est créée qui peut ou bien reprendre, au moins en partie, l'héritage d'une chaire antérieure, ou bien instaurer un enseignement neuf.

Plusieurs chaires thématiques annuelles (Informatique et sciences numériques, Innovation technologique, Mondes francophones, Santé publique, Biodiversité et écosystèmes, L'invention de l'Europe par les langues et les cultures, Avenir commun durable, Création artistique) et pluriannuelles permettent également d'accueillir des professeurs invités.

Le premier cours d'un nouveau professeur est sa *leçon inaugurale*.

Solennellement prononcée en présence de ses collègues et d'un large public, elle est pour lui l'occasion de situer ses travaux et son enseignement par rapport à ceux de ses prédécesseurs et aux développements les plus récents de la recherche.

Non seulement les leçons inaugurales dressent un tableau de l'état de nos connaissances et contribuent ainsi à l'histoire de chaque discipline, mais elles nous introduisent, en outre, dans l'atelier du savant et du chercheur. Beaucoup d'entre elles ont constitué, dans leur domaine et en leur temps, des événements marquants, voire retentissants.

Elles s'adressent à un large public éclairé, soucieux de mieux comprendre les évolutions de la science et de la vie intellectuelle contemporaines.

Les leçons inaugurales publiées dans la collection Collège de France / Fayard

Depuis 2003, les Leçons inaugurales du Collège de France sont publiées dans la collection Collège de France / Fayard. Quelques leçons antérieures y ont été également republiées.

164. Serge HAROCHE
Physique quantique (2001)
165. Jacques LIVAGE
Chimie de la matière condensée (2002)
166. John SCHEID
Religions, institutions et société de la Rome antique (2002)
167. Roland RECHT
L'objet de l'histoire de l'art (2002)
169. Christine PETIT
Génétique et physiologie cellulaire (2002)
170. Édouard BARD
Évolution du climat et de l'océan (2003)
171. Stuart EDELSTEIN
Les mécanismes de la transduction du signal en biologie (2003)
172. Mireille DELMAS-MARTY
Études juridiques comparatives et internationales du droit (2003)
173. Pierre-Louis LIONS
Équations aux dérivées partielles et applications (2003)
174. Jayant Vishnu NARLIKAR
Faits et spéculations en cosmologie (2003)
175. Michael EDWARDS
Étude de la création littéraire en langue anglaise (2003)

176. Theodor Berchem
Tradition et progrès. La mission de l'Université (2004)
177. Henry Laurens
Histoire du monde arabe contemporain (2004)
178. Denis Knoepfler
Apports récents des inscriptions grecques à l'histoire de l'Antiquité (2004)
179. Jean-Louis Mandel
Gènes et maladies: les domaines de la génétique humaine (2004)
180. Celâl Şengör
Une autre histoire de la tectonique (2004)
181. Sandro Stringari
L'aventure des gaz ultra-froids: condensation de Bose-Einstein et superfluidité (2005)
182. Gabriele Veneziano
Gravitation, relativité, mécanique quantique: la grande synthèse est-elle proche? (2005)
183. Christian de Portzamparc
Architecture: figures du monde, figures du temps (2006)
184. Maurice Bloch
L'anthropologie cognitive à l'épreuve du terrain. L'exemple de la théorie de l'esprit (2006)
185. Thomas Pavel
Comment écouter la littérature? (2006)
186. Stanislas Dehaene
Vers une science de la vie mentale (2006)
187. Jon Elster
Raison et raisons (2006)
188. Antoine Compagnon
La littérature, pour quoi faire? (2006)
189. Daniele Vitali
Les Celtes d'Italie (2006)

190. Jean-Paul Clozel
La biotechnologie: de la science au médicament (2007)
191. Pascal Dusapin
Composer. Musique, paradoxe, flux (2007)
192. Guy Orban
La vision, mission du cerveau. Les trois révolutions des neurosciences cognitives (2007)
193. Michel Devoret
De l'atome aux machines quantiques (2007)
194. Alain Prochiantz
Géométries du vivant (2007)
195. Roger Chartier
Écouter les morts avec les yeux (2007)
197. Gérard Berry
Pourquoi et comment le monde devient numérique (2008)
198. Pierre Magistretti
La neuroénergétique: de la synapse à l'image (2008)
199. Michel Brunet
Origine et histoire des hominidés. Nouveaux paradigmes (2008)
200. Philippe Sansonetti
Des microbes et des hommes. Guerre et paix aux surfaces muqueuses (2008)
201. Anne Cheng
La Chine pense-t-elle? (2008)
202. Esther Duflo
Expérience, science et lutte contre la pauvreté (2009)
203. Pierre-Laurent Aimard
Rôle et responsabilités de l'interprète aujourd'hui (2009)
204. Mathias Fink
Renversement du temps, ondes et innovation (2009)
205. Henri Leridon
De la croissance zéro au développement durable (2009)

206. Thomas Römer
Les Cornes de Moïse. Faire entrer la Bible dans l'histoire (2009)
207. Marc Fontecave
Chimie des processus biologiques : une introduction (2009)
208. Gérard Berry
Penser, modéliser et maîtriser le calcul informatique (2009)
209. Antoine Georges
De l'atome au matériau. Les phénomènes quantiques collectifs (2009)
210. Peter Piot
L'épidémie du sida. Mondialisation des risques, transformations de la santé publique et développement (2010)
211. Patrick Couvreur
Les nanotechnologies peuvent-elles contribuer à traiter des maladies sévères ? (2010)
212. Nicholas Stern
Gérer les changements climatiques. Climat, croissance, développement et équité (2010)
213. Jacques Nichet
Le théâtre n'existe pas (2010)
214. Ismail Serageldin
Mobiliser le savoir pour éradiquer la faim (2010)
215. Anselm Kiefer
L'art survivra à ses ruines (2010)
216. Jean-Marie Tarascon
L'énergie : stockage électrochimique et développement durable (2010)
217. Elias Zerhouni
Les grandes tendances de l'innovation biomédicale au XXIe siècle (2011)
218. Clément Sanchez
Chimie des matériaux hybrides (2011)

219. Martin ABADI
La sécurité informatique (2011)

220. Claudine TIERCELIN
La connaissance métaphysique (2011)

221. Barbara ROMANOWICZ
Physique de l'intérieur de la Terre (2011)

222. Gilles CLÉMENT
Jardins, paysage et génie naturel (2011)

223. Paul COLONNA
Le carbone renouvelable dans les systèmes alimentaires, énergétiques et chimiques (2011)

224. Jean-Paul LAUMOND
La robotique : une récidive d'Héphaïstos (2012)

225. Jean-Noël ROBERT
La hiéroglossie japonaise (2012)

226. Serge ABITEBOUL
Sciences des données : de la logique du premier ordre à la Toile (2012)

227. Manuela CARNEIRO DA CUNHA
Savoirs autochtones : quelle nature, quels apports ? (2012)

228. Jean-Pierre BRUN
Techniques et économies de la Méditerranée antique (2012)

229. Bernard CHAZELLE
L'algorithmique et les sciences (2012)

230. Karol BEFFA
Comment parler de musique ? (2012)

231. Alain SUPIOT
Grandeur et misère de l'État social (2012)

232. Edith HEARD
Épigénétique et mémoire cellulaire (2012)

233. Yves BRÉCHET
La science des matériaux : du matériau de rencontre au matériau sur mesure (2013)

234. Dominique Kerouedan
Géopolitique de la santé mondiale (2013)
235. Anny Cazenave
La Terre et l'environnement observés depuis l'espace (2013)
236. Gérard Berry
L'informatique du temps et des événements (2013)
237. Jean Dalibard
Atomes et rayonnement (2013)
238. Tony Cragg
Sculpture et langage (2013)
239. Frantz Grenet
Recentrer l'Asie centrale (2013)
240. Sanjay Subrahmanyam
Aux origines de l'histoire globale (2013)
241. Gilles Boeuf
La biodiversité, de l'océan à la cité (2013)
242. Pierre-Michel Menger
La différence, la concurrence et la disproportion. Sociologie du travail créateur (2014)
243. Jean-Marie Tarascon
Chimie du solide et énergie. Exemples et avenir d'une science millénaire (2014)
244. Alain de Libera
Où va la philosophie médiévale? (2014)
245. Philippe Walter
Sur la palette de l'artiste. La physico-chimie dans la création artistique (2014)
246. François Bourguignon
Pauvreté et développement dans un monde globalisé (2014)
247. Nicolas Ayache
Des images médicales au patient numérique (2014)
248. Alain Fischer
Médecine expérimentale (2014)

249. Dominique Charpin
Comment peut-on être assyriologue? (2014)
250. Bernard Meunier
Innovations thérapeutiques: tendances et évolution (2014)
251. Françoise Combes
La matière noire dans l'Univers (2014)
252. Hugues de Thé
L'oncologie: de l'empirisme à la biologie intégrée (2015)
253. Georges Calas
Les ressources minérales, enjeu majeur du développement durable (2015)
254. Marie-Paule Cani
Façonner l'imaginaire. De la création numérique 3D aux mondes virtuels animés (2015)
255. François Déroche
La voix et le calame. Les chemins de la canonisation du Coran (2015)
256. Philippe Aghion
Repenser la croissance économique (2015)
257. Thomas Sterner
Les instruments de la politique environnementale (2015)
258. Bernard Derrida
Physique statistique. La flèche du temps et le hasard (2015)
259. Patrick Boucheron
Ce que peut l'histoire (2015)
260. Jean-Luc Fournet
Ces lambeaux, gardiens de la mémoire des hommes. Papyrus et culture de l'Antiquité tardive (2016)
261. José-Alain Sahel
Rapprocher les regards. Autour de la restauration visuelle (2016)
263. Alain Mabanckou
Lettres noires: des ténèbres à la lumière (2016)

264. Claire Voisin
Topologie des variétés algébriques complexes (2016)
265. Jean-Louis Cohen
Architecture, modernité, modernisation (2014)
266. Jean-Jacques Hublin
Biologie de la culture. Paléoanthropologie du genre Homo (2014)
267. Philippe Manoury
L'invention de la musique (2017)
268. Didier Roux
Découvertes, inventions et innovations (2017)
269. Jean-Daniel Boissonnat
Géométrie algorithmique : des données géométriques à la géométrie des données (2017)
270. Bénédicte Savoy
Objets du désir, désir d'objets (2017)
271. Alain Wijffels
Le droit européen a-t-il une histoire ? En a-t-il besoin ? (2017)
272. Thomas Lecuit
Dynamiques du vivant (2017)
273. Claire Mathieu
L'algorithmique (2017)
274. Vinciane Pirenne-Delforge
Religion, histoire et société dans le monde grec antique (2017)
275. Edhem Eldem
L'Empire ottoman et la Turquie face à l'Occident (2017)
276. Stéphane Mallat
Sciences des données et apprentissage en grande dimension (2018)
277. Victor Stoichita
Les Fileuses de Velàzquez. Textes, textures, images (2018)

278. Denis DUBOULE
Le génome et ses embryons (2018)
279. François HÉRAN
Migrations et sociétés (2018)
280. Thomas EBBESEN
L'alchimie du vide. Interactions lumière-matière en chimie physique (2018)
281. Molly PRZEWORSKI
Origines évolutives des variations génétiques (2018)
282. Amos GITAÏ
La caméra est une sorte de fétiche. Filmer au Moyen-Orient (2018)
283. Rachid GUERRAOUI
Algorithmique répartie. À la recherche de l'universalité perdue (2018)
284. Xavier LEROY
Le logiciel, entre l'esprit et la matière (2018)
285. Lucrezia REICHLIN
La Banque centrale européenne et la crise de l'euro (2018)
286. Dario MANTOVANI
Droit, culture et société de la Rome antique (2019)
287. Jean-François JOANNY
Physique de la matière molle: une approche des systèmes biologiques (2019)
288. Arnaud FONTANET
L'épidémiologie ou la science de l'estimation du risque en santé publique (2019)
289. Yanick LAHENS
Littérature haïtienne: urgence(s) d'écrire, rêve(s) d'habiter (2019)
290. François-Xavier FAUVELLE
Leçons de l'histoire de l'Afrique (2019)

291. Walter Fontana
Du calcul au vivant: le défi d'une science de l'organisation (2019)
292. François Recanati
Langage, discours, pensée (2019)
293. Didier Fassin
De l'inégalité des vies (2020)
294. William Marx
Vivre dans la bibliothèque du monde (2020)
295. Lluis Quintana-Murci
Une histoire génétique: notre diversité, notre évolution, notre adaptation (2020)
296. Marc Henneaux
Symétrie et gravitation (2020)
297. Luigi Rizzi
Complexité des structures linguistiques, simplicité des mécanismes du langage (2020)
298. Samantha Besson
Reconstruire l'ordre institutionnel international (2020)
299. Jean-Philippe Bouchaud
De la physique statistique aux sciences sociales (2020)
300. Timothy Gowers
Combinatoire (2021)
301. Sonia Garel
Système immunitaire et dynamique du cerveau (2021)
302. Chris Bowler
La biodiversité et les écosystèmes à travers le temps et l'espace (2021)
303. Frédéric Magniez
Algorithmes quantiques. Quand la physique quantique défie la thèse de Church-Turing (2021)
304. Alberto Manguel
Europe: le mythe comme métaphore (2021)

305. Yadh Ben Achour
La révolution, une espérance (2021)

306. Christian Gollier
Entre fin du mois et fin du monde: économie de nos responsabilités envers l'humanité (2021)

307. Jean-Jacques Hublin
Homo sapiens, une espèce invasive (2022)

308. Daniel Lincot
Énergie solaire photovoltaïque et transition énergétique (2022)

309. Tatiana Giraud
Dynamique et évolution de la biodiversité et des écosystèmes (2022)

311. Rémy Slama
Causes et conditions extérieures des maladies et de la santé (2022)

Composition réalisée par Belle Page

PAPIER À BASE DE FIBRES CERTIFIÉES

Fayard s'engage pour l'environnement en réduisant l'empreinte carbone de ses livres. Celle de cet exemplaire est de :
0,450 kg éq. CO_2
Rendez-vous sur www.fayard-durable.fr

Imprimé en France par Dupliprint
2 rue Descartes – 95330 Domont
en octobre 2022

68-2721-7/01
N° d'impression : 2022101993